Le fil

de la vie

ER

Illustrations
de Sophie Casson

la courte échelle

Les éditions de la courte échelle inc.
5243, boul. Saint-Laurent
Montréal (Québec) H2T 1S4

Direction littéraire et artistique:
Annie Langlois

Révision:
Sophie Sainte-Marie

Conception graphique de la couverture:
Elastik

Conception graphique de l'intérieur:
Derome design inc.

Mise en pages:
Mardigrafe inc.

Dépôt légal, 1er trimestre 2004
Bibliothèque nationale du Québec

La courte échelle reconnaît l'aide financière du gouvernement du
Canada par l'entremise du Programme d'aide au développement de
l'industrie de l'édition pour ses activités d'édition. La courte échelle est
aussi inscrite au programme de subvention globale du Conseil des Arts
du Canada et reçoit l'appui du gouvernement du Québec par
l'intermédiaire de la SODEC.

La courte échelle bénéficie également du Programme de crédit d'impôt
pour l'édition de livres — Gestion SODEC — du gouvernement du
Québec.

Données de catalogage avant publication (Canada)

Lemieux, Jean

   Le fil de la vie

   (Premier Roman; PR139)

   ISBN 2-89021-644-6

   I. Casson, Sophie.   II. Titre.   III. Collection.

PS8573.E542F54   2004   jC843'.54   C2003-941673-9
PS9573.E542F54   2004

Jean Lemieux

Jean Lemieux est médecin et écrivain. Il vit à Québec, après avoir travaillé pendant plusieurs années aux Îles-de-la-Madeleine. Depuis qu'il est jeune, Jean Lemieux a toujours écrit. Aujourd'hui, il est l'auteur de plusieurs romans et nouvelles. À la courte échelle, en plus de ses livres pour les jeunes, il a publié trois romans pour les adultes. Son travail a été récompensé à quelques reprises, entre autres pour *Le trésor de Brion*, pour lequel il a reçu le prix Brive-Montréal 1995 et le prix du livre M. Christie 1996.

Comme il aime voir du pays, Jean Lemieux a beaucoup voyagé un peu partout dans le monde. Son passe-temps préféré est sans doute la musique (il joue d'ailleurs de la guitare et du piano) et son péché mignon, le hockey. Et quand il est à la maison, il ne manque jamais de faire un brin de causette avec sa chatte Chatouille.

Sophie Casson

Sophie Casson a étudié en design graphique et elle se spécialise en illustration éditoriale. On peut d'ailleurs voir ses illustrations au Canada, en France et aux États-Unis. Née de parents français, Sophie Casson a vécu pendant quelques années en Afrique et elle a aussi beaucoup voyagé. Aujourd'hui, elle vit à Montréal avec ses deux petits garçons, ses deux chiens et ses deux poissons rouges. Elle aime aussi beaucoup les bandes dessinées.

Jean Lemieux

Le fil
de la vie

2646

Illustrations
de Sophie Casson

la courte échelle

À Laurence

1
Comment le malheur
est entré dans la maison

L'automne dernier, j'ai vu un film de vampires assez effrayant.

Le chef vampire habitait un manoir délabré, avec des volets qui claquaient, une grille qui grinçait et un toit pointu. L'action se passait la nuit, pendant un orage. Il pleuvait. Il tonnait. De gros éclairs déchiraient le ciel noir.

Mon frère Guillaume, onze ans, essaie TOUJOURS de m'impressionner. Il a observé qu'il ne faisait jamais beau dans les films de vampires.

Ma soeur Amélie, quatorze ans, essaie TOUJOURS d'avoir

raison. Elle a déclaré que tout le monde savait ça.

Soudain, un éclair a frappé la pointe du toit du manoir. J'ai cru qu'il allait brûler ou s'effondrer.

Mais non! Une boule de feu a couru du toit jusqu'à la terre. Là, elle s'est éteinte, comme une allumette jetée dans l'eau. Le château du chef vampire a continué à claquer du volet et à grincer de la grille, sans dommages apparents.

Moi, FX Bellavance, huit ans, j'essaie TOUJOURS de comprendre. J'ai demandé ce qui s'était passé. C'est alors qu'Amélie m'a parlé des paratonnerres.

Les paratonnerres ont été inventés par un Américain nommé Benjamin Franklin. Ce sont des tiges de métal qui relient le toit des maisons à la terre. Les éclairs préfèrent voyager dans le métal plutôt que dans le bois ou la pierre. De cette façon, les para-tonnerres protègent les maisons.

Si je vous parle des paraton-nerres, c'est que l'autre jour notre maison a été frappée par une chose terrible.

Ça s'appelle le malheur. Et, malheureusement, personne n'a encore inventé de paramalheur.

* * *

C'était le matin du 26 décem-bre. Dans le salon, au chaud dans mon pyjama rayé, je jouais avec mon nouveau jeu vidéo.

Napoléon, mon terrier napoli-tain trois couleurs, était à mes côtés. Les oreilles dressées, l'oeil inquiet, il observait le curieux personnage qui sautait d'obstacle en obstacle sur l'écran du téléviseur.

Dans la cuisine, papa préparait le café en chantonnant un air du temps où il avait beaucoup de cheveux. Maman et Amélie dormaient à l'étage. Au sous-sol, Guillaume regardait pour la sixième fois sa cassette du *Seigneur des anneaux*.

C'est à ce moment précis, à huit heures quarante-sept minutes, que le malheur, comme un éclair malfaisant, a pénétré dans la maison.

Il n'y a pas eu de gros BANG. Seulement le DRING-DRING spécial qui annonce les appels qui viennent de loin.

Le malheur est entré dans la maison par le fil du téléphone.

Papa a d'abord répondu d'une voix joyeuse. Il a ensuite échappé un «QUOI?» et s'est mis à parler à voix basse. Même si je jouais avec mon jeu, j'ai senti qu'il se passait quelque chose d'anormal.

Des mots étouffés, des grognements... Il ne voulait pas que j'entende ce qu'il disait. Il a raccroché et est retourné dans la cuisine.

Il ne chantonnait plus. Je suis allé voir ce qu'il fabriquait. Il buvait son café en regardant par la fenêtre. Regarder, c'est un grand mot. Un hippopotame aurait pu jouer au tennis dans la cour qu'il ne s'en serait pas aperçu.

— Qu'est-ce qu'il y a, papa?

— Il n'y a rien.

RIEN? Je me suis méfié. Quand les parents disent qu'il n'y a rien,

c'est qu'il y a quelque chose.
Sans finir sa tasse de café, papa
est monté à l'étage.

Je suis resté quelques instants seul dans la cuisine. Mon jeu ne m'intéressait plus. Qu'est-ce que papa avait appris au téléphone?

En compagnie de Napoléon, j'ai gravi l'escalier. La porte de la chambre de mes parents était fermée.

Je me suis approché. J'ai collé mon oreille contre la porte. Papa parlait doucement. J'ai compris les mots «ambulance» et «hôpital». Puis j'ai entendu un autre bruit.

Maman pleurait.

Qu'est-ce qui se passait?

2
À quel fil tient la vie?

Papa et maman descendent au bout d'une demi-heure. Maman a les yeux rouges. Papa, lui, est blanc comme un vampire.

Amélie, à moitié réveillée, apparaît derrière eux. Papa nous convoque à une réunion autour de la table de la cuisine.

— J'ai une mauvaise nouvelle à vous annoncer. Tante France a eu un accident d'auto cette nuit.

Silence. Je demande si elle est à l'hôpital.

Papa avale sa salive.

— Elle est morte. Sur le coup.

Ma tante France MORTE! Ma tante France à moi morte dans un accident d'automobile!

Un ÉNORME trou se creuse dans mon ventre. Dans notre famille, dans notre maison, il n'y a jamais eu de malheur! Les accidents, ça arrive à la télévision ou dans

les journaux. Pas dans la vraie vie. Pas dans MA vraie vie, en tout cas.

La mort, c'est pareil. L'an dernier, le cousin de mon amie Marianne est mort de la leucémie. Je ne le connaissais pas. Marianne a eu de la peine. Moi, j'ai eu un peu peur. Mais je ne l'avais dit à personne, pour ne pas avoir l'air d'un peureux.

— Cet après-midi, nous irons chez grand-père, continue papa. Nous passerons quelques jours là-bas.

Guillaume et Amélie bombardent mon père de questions. Ils veulent des détails au sujet de l'accident. Papa parle d'une plaque de glace sur la route, d'une fracture du crâne.

Moi, j'ai encore mon trou dans le ventre. Des larmes coulent sur mes joues. Pourquoi le malheur est-il entré dans la maison, comme un voleur, sans avertir?

Pourquoi tante France, qui me donnait toujours du chocolat en cachette, est-elle morte le soir de Noël, à cause d'une plaque de glace?

Maman me prend dans ses bras et m'emmène dans le salon. Napoléon nous fixe avec ses grands yeux humides. Même s'il n'est qu'un terrier napolitain, il sait que nous avons du chagrin.

Maman s'assoit sur le sofa et me serre très fort.

— Qu'est-ce qu'il y a, FX?

— Une fracture du crâne, ça veut dire que tante France a eu la tête brisée?

— D'une certaine façon.

— Pourquoi tante France est-elle morte?

— C'est un accident. Tu sais, la vie ne tient qu'à un fil.

— Pourquoi est-ce qu'il y a des choses tristes comme des accidents ou des leucémies? CE N'EST PAS JUSTE!

Maman sourit.

— Le malheur fait partie de la vie. Il faut l'accepter.

Il faut l'accepter, il faut l'accepter... Moi, FX Bellavance, je n'accepte pas ça du tout, la mort de ma tante-France-qui-me-donnait-du-chocolat-en-cachette.

Je me remets encore à pleurer. Maman me caresse les cheveux.

— J'ai l'impression que tu te poses d'autres questions, mon FX.

Parlant de crâne, je me demande parfois si le mien n'est pas fait en verre. Ma mère est capable de lire mes pensées.

Je renifle et je me risque:

— À quel fil elle tient, la vie?

Le visage de maman s'éclaire un peu. Ça y est! J'ai encore dit quelque chose de comique! Je sens que je n'ai pas fini d'en entendre parler dans les prochains jours.

3
Où j'apprends que l'âme est un petit bout de bois

Nous préparons nos bagages. Habituellement, quand nous partons en voyage, nous rions et nous faisons des blagues.

Aujourd'hui, à cause du malheur, c'est différent. Nous ne parlons presque pas. Maman, surtout, est dans une bulle. Elle prépare les valises et une collation pour la route, mais elle n'est pas LÀ.

J'espère que le malheur, ça ne dure pas trop longtemps.

Nous nous installons dans la fourgonnette. Il neige à gros flocons. Je jette un oeil chez ma voisine B4.

Mes amis B4, Marianne et Sigi vont glisser sur la butte derrière l'école. Ils m'ont invité. Je ne peux pas y aller, à cause du fil de la vie de tante France qui s'est cassé.

Ils arrêtent de jouer et regardent la fourgonnette. Je frotte la vitre de ma portière et je leur fais un signe de la main. Ils me répondent, très curieux. Je crois que le malheur, ça les effraie, eux aussi.

J'aimais beaucoup tante France. Pourtant, ce qui me chagrine le plus présentement, c'est de ne pas aller glisser avec mes amis. Est-ce que c'est normal?

Au moins, je vais retrouver ma cousine Éloïse. Ça va me consoler un peu.

* * *

Avant de quitter la ville, nous passons prendre tante Mélanie à son appartement.

Mélanie est la jeune soeur de maman. C'est ma tante préférée. Elle porte de drôles de vêtements et n'a jamais les cheveux de la même couleur.

Elle descend l'escalier, toute petite sous son sac à dos et son violoncelle. Un violoncelle, c'est

un gros violon. Un violon tellement gros que, pour en jouer,
Mélanie doit s'asseoir et le coin-
cer entre ses genoux.

Ma tante Mélanie gagne sa
vie en faisant de la musique. Sa
tête est toujours pleine de notes.
Quand elle ne joue pas de son
gros violon, elle chantonne,
comme papa.

Elle a les yeux rouges. Elle a
pleuré, elle aussi. Papa l'aide à
caser son instrument à l'arrière
de la fourgonnette. À mes côtés,
Guillaume et Amélie écoutent
leur baladeur d'un air maussade.
La langue pendante, Napoléon
est excité par le voyage.

Je change de siège et je m'as-
sois près de Mélanie.

— Pourquoi as-tu emporté ton
violoncelle?

— Je vais jouer un morceau pour tante France.

J'appuie ma tête contre l'épaule de Mélanie et je dis:

— Je croyais que quand on était mort on n'entendait plus rien.

— Le CORPS de France est mort, mais son ÂME est toujours vivante.

— Qu'est-ce que c'est, l'âme?

Tante Mélanie fronce les sourcils et me répond:

— Chez grand-papa, je vais te montrer quelque chose. À l'intérieur de mon violoncelle, il y a un petit morceau de bois qui vibre. Ça s'appelle l'âme. C'est ce qui donne toute la beauté du son.

— L'âme, c'est un petit morceau de bois?

— Si tu veux. C'est ce qui vibre à l'intérieur de nous.

Nous quittons la ville. Il neige. Par la vitre, je regarde les sapins qui bordent l'autoroute. À mes côtés, Napoléon s'est endormi. Je caresse son poil pour faire passer la boule que j'ai dans la gorge.

Je voudrais demander à Mélanie ce qui arrive à notre bout de bois quand on est mort. Je n'ose pas. J'ai peur de ce qu'elle pourrait me répondre.

Hier, maman m'a trouvé bien drôle quand j'ai voulu savoir à quel fil tenait la vie. Mais elle n'a pas répondu à ma question.

4
Ma cousine Éloïse et l'âme invisible

Pour se rendre chez mes grands-parents, il faut traverser une immense forêt. La route est dangereuse. Il y passe beaucoup de camions et il y a souvent des tempêtes de neige.

Papa est au volant. Maman est assise sur le siège du passager. Ils sont silencieux. Papa se concentre sur la conduite. Maman est dans la bulle du malheur.

Je demande à papa s'il y a des plaques de glace.

— Quelques-unes. Ne t'inquiète pas, FX, il n'y a pas de danger.

— JE NE M'INQUIÈTE PAS! JE DEMANDE S'IL Y A DES PLAQUES DE GLACE!

Autour de moi, tante Mélanie, Guillaume et Napoléon dorment. Ma soeur Amélie écoute son baladeur. Elle, elle est dans une bulle d'adolescence.

Je n'ai personne à qui parler. Le malheur, ce n'est décidément pas amusant. Depuis qu'il est entré dans la maison par le fil du téléphone, la vie n'est plus la même.

Ce n'est pas juste le fil de la vie de tante France qui s'est cassé. C'est aussi le mien.

* * *

Quand je veux faire rire mes amis, je n'ai qu'à leur dire les prénoms de mes grands-parents. Du côté de ma mère, ils s'appellent Maurice et Marie-Rose. Du côté de mon père, c'est Georges et Nicole.

J'aime beaucoup aller chez grand-papa Maurice. Il habite une ferme, sur une route toute droite où il ne passe presque pas de voitures.

Près de la maison, il y a une étable pleine de vaches et une écurie avec deux chevaux. Derrière la maison, au bout du champ de bleuets, il y a le bois.

Le bois, chez grand-papa Maurice, c'est un vrai bois. Pas un parc comme dans la ville. C'est assez grand pour qu'on puisse se perdre.

Dans la cour, je reconnais l'auto de mon oncle Louis. Je

suis content: ma cousine Éloïse est déjà arrivée. J'ai hâte de lui montrer Napoléon.

Nous entrons. Mes grands-parents viennent nous accueillir. C'est comique de les voir ensemble. Grand-maman est petite et ronde comme une balle de neige. Grand-papa est grand et maigre comme un bâton de hockey.

Grand-maman prend ma mère dans ses bras. Elles se mettent à

pleurer. Mélanie se joint à elles. Même Amélie, ma soeur au coeur de pierre, a les yeux remplis d'eau.

Je n'aime pas ça quand les gens pleurent autour de moi. Ça me donne envie de pleurer aussi.

Je regarde papa, Guillaume, oncle Louis et grand-père. Ils ne pleurent pas, eux. Je crois qu'ils en auraient envie, mais ils se retiennent.

Est-ce que les larmes, c'est une affaire de filles?

À l'écart, j'aperçois Éloïse. Je suis tellement content de la revoir! Elle a grandi depuis l'été dernier. Ses cheveux sont blonds et bouclés. Et elle a des yeux pleins d'étincelles.

Nous nous voyons quatre ou cinq fois par année, dans des

réunions de famille. Nous avons toujours beaucoup de plaisir ensemble. Si elle n'était pas ma cousine, je crois que je serais un peu amoureux d'elle.

Sans nous occuper des adultes, nous nous retrouvons dans la cuisine. La maison de mes grands-parents est immense, avec deux escaliers et cinq chambres à l'étage. On peut y jouer à la cachette pendant des heures.

Ce qui est bien, avec Éloïse, c'est que je peux TOUT lui dire. Elle ne pense jamais que je fais de l'angoisse ou que je pose trop de questions.

Je lui raconte mes discussions avec maman et Mélanie au sujet du fil de la vie et des petits morceaux de bois.

Elle est étonnée:

— Les violoncelles ont une ÂME!

— Viens avec moi.

Les adultes, un peu remis de leurs émotions, discutent au salon. Je ne sais pas comment ils font pour se comprendre. Ils parlent tous en même temps.

Je m'approche de tante Mélanie et lui touche l'épaule. Elle se penche vers moi. Je lui chuchote à l'oreille:

— Éloïse et moi, nous voulons la voir.

— Qu'est-ce que vous voulez voir?

— L'ÂME. Le morceau de bois dans le violoncelle.

Elle sourit. J'ai peur d'avoir encore dit quelque chose de comique. Mais Mélanie est une véritable amie. Elle ne répète pas ma question aux autres adultes.

Elle pose son doigt sur ses lèvres et nous entraîne, Éloïse et moi, dans la salle à manger.

La pièce est déserte. Mélanie sort le violoncelle de son étui. Elle s'approche de la fenêtre pour profiter de la lumière du jour.

— Regardez par le trou, ici.

Le devant du violoncelle est percé de deux ouvertures en *s*, qui s'appellent les ouïes.

— Comme les ouïes des poissons!

— C'est ça. Voyez-vous la petite pièce de bois? C'est l'âme du violoncelle.

Éloïse et moi, nous nous penchons pour examiner la chose. Ma cousine s'étonne:

— Nous avons un morceau comme ça dans notre ventre!

Mélanie s'assoit, cale son instrument entre ses jambes et fait glisser l'archet sur les cordes. De belles grosses notes rondes rebondissent sur les murs de la maison.

— Nous avons aussi un petit morceau de bois à l'intérieur de nous, finit-elle par répondre. Mais c'est du bois spécial. Il est invisible.

INVISIBLE?

5
Où je fais l'expérience du salon funéraire

Après le souper, maman me demande d'enfiler mon pantalon, ma chemise et ma cravate des grandes occasions.

— Nous allons voir ta tante France au salon funéraire.

Dehors, il fait très froid. Les vitres de la fourgonnette sont givrées. Pendant le trajet, je me pose des questions. Maman a dit que nous allions voir tante France... Pourtant, tante France est morte...

Le salon funéraire est situé dans la ville. Ce n'est pas vraiment un salon, mais plutôt une grosse maison avec beaucoup de pièces vides. C'est très propre et ça sent les fleurs. Tout le monde parle à voix basse, comme à la bibliothèque.

À l'entrée, le nom de France Blackburn est inscrit sur un tableau à côté du numéro trois. Je ne sais pas si c'est à cause des tapis, mais j'ai la gorge sèche. Amélie et Guillaume sont plus boudeurs que jamais.

Maman prend ma main. Tante Mélanie, elle, tient le bras de grand-maman. Guidée par un monsieur très sérieux, toute la famille part en direction de la salle numéro trois.

En passant, je jette un oeil sur la salle numéro un. Comme dans un film de vampires, un homme très pâle est couché dans une boîte de bois. La boîte ressemble à une voiture de course, sauf qu'il n'y a pas de roues ni de volant.

Autour de l'homme très pâle, il y a des bouquets de fleurs et des gens qui discutent.

Je serre la main de maman.

— Maman, est-ce que le monsieur est mort?

— Chut! Parle moins fort!

Quand elle est dans la bulle du malheur, maman réagit un peu comme après une dure journée de travail à l'hôpital. Elle tombe en panne de patience. Elle me caresse la joue pour se faire pardonner.

— Maman, pourquoi est-ce qu'ils mettent les morts dans des boîtes?

— Chut! Ce ne sont pas des boîtes. Ce sont des cercueils.

Je viens de comprendre! Dans un salon funéraire, on montre les morts dans des cercueils!

Nous entrons dans la salle numéro trois. Je reçois un coup de poing dans l'estomac quand j'aperçois tante France dans sa boîte. Elle est toute blanche. On dirait qu'elle dort.

Devant le cercueil, il y a un endroit pour s'agenouiller. Grand-maman et grand-papa font une prière près de tante France.

Tout le monde a le coeur serré. Tante France, c'était leur fille. Ils l'ont eue tout petit bébé. Ils l'ont

élevée avec amour. Et maintenant son fil de la vie s'est cassé...

Mes grands-parents sont vieux, fatigués et usés, et leur petite fille pleine de vie s'est brisé la tête à cause d'une plaque de glace.

Mes grands-parents se relèvent. Maman saisit ma main et m'entraîne vers le cercueil!

Je résiste un peu. J'ai peur. Nous nous mettons à genoux. Ce n'est plus une boule que j'ai dans l'estomac, c'est une PLANÈTE.

Maman récite une prière. Moi, je fixe le visage de tante France. Elle n'est plus vraiment tante-France-qui-me-donnait-du-chocolat-en-cachette. Elle a l'air d'un mannequin dans une vitrine.

Je regarde sa tête. Ça ne paraît pas du tout qu'elle est brisée. Ses mains croisées sont à la hauteur de mon visage. Maman, les yeux fermés, prie toujours. Du doigt, je touche la main de tante France.

BRRRR! C'est froid! C'est bien ce que je croyais. Quand on est mort, quand le fil de notre vie est coupé, on devient froid. Comme un chalet fermé en hiver. Comme un poêle quand il n'y a plus de bois dedans.

Maman et moi, nous nous relevons. Je lui demande:

— Qu'est-ce qui va arriver à tante France? Est-ce qu'elle va être enterrée?

— Mais non! Elle va être incinérée.

INCINÉRÉE? Maman explique:

— Elle va être brûlée dans un four. Ensuite, ses cendres vont être enterrées au cimetière.

— Vous ne pouvez pas faire ça! Vous allez brûler son petit bout de bois!

Je suis furieux. Et j'ai de la peine. Autour, les adultes croient que j'ai encore dit un mot d'enfant. Ils éclatent de rire.

6
Où il est question de l'inconnu et de la crème glacée marbrée

Au bout de quelques minutes, Éloïse et moi trouvons la soirée ennuyeuse. Nous faisons des courses dans le corridor. Le monsieur très sérieux nous demande de ne pas faire de bruit.

Au sous-sol, nous découvrons des machines distributrices. Nous nous assoyons dans un immense fauteuil en mangeant des chips et en buvant de l'orangeade.

Je regarde ma cousine Éloïse. Elle est calme et de bonne humeur. On dirait qu'elle n'a jamais de planète dans l'estomac, elle.

— Sais-tu ce qui va arriver à tante France?

— Oui. Papa me l'a expliqué. Ils vont la brûler.

— J'ai parlé à maman du petit bout de bois. Elle n'a rien compris. Mélanie nous a bien eus avec son histoire d'âme dans le violoncelle.

— Mon père est pareil, me confie Éloïse. Il a essayé de me faire croire qu'ils brûlaient tante France pour lui permettre d'aller au ciel plus facilement!

Elle et moi, nous nous mettons d'accord. Les adultes nous racontent des mensonges pour nous protéger.

Nous soupirons. Je regarde ma cousine et je lui demande:

— Toi, est-ce que tu sais à quoi il est accroché, le fil de la vie?

Éloïse fait non de la tête. Je lui dis que je suis fatigué de vivre dans un monde où on ne sait rien.

— Je ne sais pas à quoi est accrochée ma vie! Je ne sais pas où je vais aller quand je vais mourir!

Elle prend ma main dans la sienne.

— Ce n'est pas grave. PERSONNE ne le sait.

Les doigts d'Éloïse sont doux et chauds. Ça me réconforte de les toucher. Elle termine son orangeade en faisant du bruit avec sa paille. Je réfléchis un moment et je conclus:

— Si j'acceptais de ne pas savoir, si je m'habituais à ne pas savoir, mon problème serait réglé.

Je sens que la planète dans mon estomac commence à fondre un peu. Je crois que je viens de découvrir quelque chose d'intéressant.

* * *

Nous quittons le salon funéraire et retournons chez mes grands-parents. Des amis de tante France, ainsi qu'une partie de la parenté, nous suivent à la maison.

Les gens sont encore tristes, mais ils semblent soulagés. Ils parlent beaucoup de tante France. Grand-papa offre de la bière et des verres d'alcool.

Les adultes parlent de plus en plus fort. Mélanie, qui sait jouer de plusieurs instruments, se met au piano. Bientôt, maman, oncle Louis et grand-papa la rejoignent et chantent la chanson préférée de tante France.

Je m'approche de papa.

— Les gens chantent comme s'il y avait une fête. Est-ce que le malheur est fini?

Mon père me prend dans ses

bras. Les reflets des ampoules de l'arbre de Noël dansent dans ses lunettes.

— Le malheur n'est jamais fini, FX. Le bonheur et le malheur sont mêlés. Aussi mêlés que la vanille et le chocolat dans la crème glacée marbrée.

— C'est comme ce qu'on connaît et ce qu'on ne connaît pas. Aujourd'hui, j'ai découvert qu'il ne faut pas avoir peur de ce qu'on ne connaît pas.

Mon père hoche la tête. Je crois qu'il est fier de moi.

Tante Mélanie délaisse le piano et sort le violoncelle de son étui. Assise au milieu du salon, elle joue un air triste. Tout le monde se tait et écoute.

La musique est si belle que j'ai les larmes aux yeux. Tante Mélanie avait raison quand elle disait qu'elle pourrait parler à France. J'ai l'impression que l'âme de France est maintenant au milieu de nous.

Quelques minutes plus tard, maman nous amène, Éloïse et moi, nous coucher dans une chambre à l'étage. Par la fenêtre, j'aperçois les champs recouverts de neige.

Au-dessus, les étoiles brillent dans la nuit. Le père d'Éloïse lui a expliqué que France était maintenant au ciel... Ce n'est peut-être pas vrai, mais c'est une idée qui me fait du bien.

Je choisis une étoile, la plus brillante. Je me dis que c'est tante-France-qui-me-donnait-du-chocolat-en-cachette. Je lui souhaite «Bonne nuit!» dans ma tête.

C'est ma façon à moi de lui dire adieu.

J'ai l'impression que je ne la reverrai plus jamais. Là-dessus, je suis dans l'erreur.

7
Où tante France m'apparaît

Dans un ciel marbré au chocolat, Éloïse et moi, nous voyageons dans un cercueil volant. Napoléon, mon fidèle terrier napolitain, est assis à l'arrière, des lunettes d'aviateur sur le front.

Soudain, nous apercevons un autre avion. C'est tante France qui vole dans un violoncelle! Je suis content de la voir.

Elle s'approche. Nos avions sont tout près. Elle me sourit, dit «Chut!» en posant un doigt sur ses lèvres et me tend un morceau de chocolat. Le vent fait chanter son violoncelle.

— MERCI! MERCI!

Je voudrais la toucher, l'embrasser, mais nos avions s'éloignent. Tout à coup, les traits de ma tante se brouillent. Je ne reconnais plus son visage. Le violoncelle s'incline vers le haut et lentement, comme une fusée, disparaît parmi les étoiles.

Je me retourne pour partager mon chocolat avec Éloïse et Napoléon. Malheur! Je suis seul dans mon cercueil volant! Et je me mets à tomber, tomber, tomber vers la neige qui fonce vers moi à toute vitesse...

— AAAAAAAAAAHHHHHHHHH!

Je me réveille dans les bras de maman. Elle est assise dans mon lit et me berce. Ouf! ce n'était qu'un cauchemar.

— J'ai vu tante France, maman.

Éloïse et Napoléon sont éveillés eux aussi. Ils s'assoient et écoutent le récit de mon aventure dans le ciel marbré au chocolat.

— Est-ce qu'elle avait l'air heureuse? demande maman.

— Oui. Elle m'a donné du chocolat en cachette. Comme dans la vraie vie.

— Elle est venue te saluer dans tes rêves pour te rassurer.

Je me serre contre ma mère. Nous avons eu une rude journée. Notre maison a été frappée par le malheur. Elle a tenu le coup, comme le manoir délabré du chef vampire.

J'ai appris que ce qui m'effrayait, c'était l'inconnu. Et que je pouvais m'y habituer.

Maman écarte le rideau.

— Il neige encore. Demain, vous pourrez aller glisser sur la butte des Tremblay.

Je regarde la neige tomber. Les cheveux blonds d'Éloïse brillent dans la pénombre. Maman nous serre contre elle.

— Vous voyez! Après la mort, après le malheur, il reste plein de petits bonheurs.

— Comme faire du toboggan sur la butte des Tremblay?

— Ou jouer avec Napoléon. Observer les étoiles dans un télescope. Vous souvenir des clins d'oeil de tante France quand elle vous donnait des cadeaux en cachette.

Éloïse se tourne vers nous.

— Le fil de la vie, c'est peut-être justement ça, les petits bonheurs?

Maman sourit. Éloïse a raison, je crois. Et c'est parfait comme ça.

Des petits bonheurs, il y en a tout le temps.

Table des matières

Achevé d'imprimer
sur les presses de Transcontinental Litho Acme inc.